La Parure

FichesdeLecture.com

La Parure
(Fiche de lecture)

I. INTRODUCTION

L'auteur

Guy de Maupassant est né 1850 et meurt en 1893. Il suit dans un premier temps une éducation catholique, à laquelle il se montre assez hostile, il se fait renvoyer. Il entre ensuite au lycée de Rouen, bon élève, il s'intéresse à la poésie et aux pièces de théâtre.

Il part étudier le droit à Paris sur le conseil de sa mère et de Flaubert. En 1870, il s'engage comme volontaire lors de la Guerre franco-prussienne. À son retour, il est commis d'abord au Ministère de la Marine puis au Ministère de l'Instruction Publique où il est transféré en 1878.

Gustave Flaubert le prend sous sa protection et devient son mentor littéraire, guidant ses débuts dans le journalisme et la littérature. Il se lie également avec Zola, et participe en 1880 au recueil collectif des écrivains naturalistes « Les Soirées de Médan » avec sa première nouvelle, « Boule de Suif » qui rencontre un immense succès.

L'auteur a marqué la littérature française par ses six romans, notamment « Bel-Ami » en 1885, mais aussi via ses nouvelles, plus de 300. Ces œuvres sont caractérisées par leur réaliste, la présence du fantastique et par le pessimisme qui s'en dégage. Plusieurs de ses œuvres ont été adaptées en film.

L'œuvre

« La parure » est une courte nouvelle réaliste parue pour la première fois le 17 février 1884 dans le quotidien « Le Gaulois », puis intégrée au recueil « Contes du jour et de la nuit » en 1885. L'action se déroule à Paris. La Parure a beaucoup inspiré les cinéastes, ainsi qu'Henry James pour sa nouvelle Paste en 1899.

II. RÉSUMÉ DE LA NOUVELLE

« C'était une de ces jolies et charmantes filles, nées, comme par une erreur du destin, dans une famille d'employés. Elle n'avait pas de dot, pas d'espérance, aucun moyen d'être connue, comprise, aimée, épousée par un homme riche et distingué ; et elle se laissa marier avec un petit commis du ministère de l'Instruction publique ».

Madame Loisel est une jeune femme très belle, mais elle est « mal née ». Épouse d'un petit employé du ministère de l'Instruction publique, elle n'est pas heureuse. Elle envie toutes ces femmes qui ont épousé des hommes riches et importants qui portent des toilettes et des bijoux somptueux. Elle déteste sa vie et surtout sa condition sociale.

Un soir son mari lui annonce qu'ils sont invités à une soirée au Ministère et le ministre sera présent. Il est très fier et s'est démené pour obtenir le précieux sésame. Il ne comprend pas pourquoi sa femme n'est pas aussi enthousiaste que lui. En réalité, elle se lamente de ne pas avoir de tenue convenable pour y assister. Elle préfère ne pas y aller que de se présenter mal habillée.

Devant la tristesse de sa femme, le mari lui demande de combien elle aurait besoin. Elle réfléchit et lui annonce quatre cents francs. Il accepte alors qu'il avait mis cette somme de côté pour s'acheter un fusil afin d'aller chasser dans les plaines de Nanterre avec des collègues. La femme s'achète ainsi une toilette convenable.

Mais au fur et à mesure que le jour approche, le mari sent une certaine angoisse chez sa femme. Il l'interroge et celle-ci lui confie qu'il lui manque un bijou, une pierre précieuse pour compléter sa toilette. Son époux lui suggère alors de se rendre chez son amie Mme Forestier pour qu'elle lui en prête un.

Mathilde raconte tout à son amie qui accepte volontiers de lui prêter une rivière de diamants. Le soir tant attendu arrive et c'est un véritable triomphe, Mme Loisel éblouit par sa beauté, même le ministre l'a remarqué. Elle passe une magnifique soirée, elle se sent admirée et sollicitée de tout le monde.

Ils rentrent très tard à bord d'un fiacre et au moment de se coucher elle découvre qu'elle a perdu la parure. Son mari décide de refaire le chemin qu'ils ont emprunté pour tenter de la retrouver. Il revient bredouille.

ils passent une annonce promettant une récompense. Mais aucune nouvelle du bijou. Au bout d'une semaine, ils se résignent à racheter la même rivière de diamants.

Mathilde, honteuse ne peut pas avouer à son amie qu'elle a perdu son précieux bijou. Ils font plusieurs bijoutiers munis de l'écrin de la parure et finissent par trouver le même. Mais il coûte 34 000 francs. Monsieur Loisel s'endette partout, il prend un second emploi, ils changent d'appartement, Mathilde s'acquitte de toutes les tâches ménagères, elle marchande le prix des légumes.

Ils mettent dix ans à tout rembourser, parfois Mathilde s'interroge, que ce serait-il passé si elle n'avait pas perdu la parure : « *Que serait-il arrivé si elle n'avait point perdu cette parure ? Comme il faut peu de chose pour vous perdre ou vous sauver !* »

Un jour elle croise Madame Forestier par hasard, qui ne la reconnaît pas tellement les travaux l'ont épuisé. Elle lui avoue la vérité. Celle-ci lui répond émue : « *Oh ! Ma pauvre Mathilde ! Mais la mienne était fausse. Elle valait au plus cinq cents francs !* »

III. ÉTUDE DU PERSONNAGE PRINCIPAL

Mathilde Loisel

C'est une jeune femme très belle qui a épousé un employé du ministère de l'Instruction publique. Mais son sort ne la satisfait pas : « *[Mathilde] souffrait de la pauvreté de son logement, de la misère des murs, de l'usure des sièges, de la laideur des étoffes* ». Elle qui est si belle, elle devrait être l'épouse d'un riche mari qui la comblerait de cadeaux, de bijoux.

Elle envie toutes ces femmes qui ont épousé des hommes riches et importants qui portent des toilettes et des bijoux somptueux : « *Elle avait une amie riche, une camarade de couvent qu'elle ne voulait plus aller voir, tant elle souffrait en revenant* ». Elle déteste sa vie et surtout sa condition sociale : « *Elle souffrait sans cesse, se sentait née pour toutes les délicatesses et tous les luxes* ».

Seule l'apparence semble compter pour Mathilde et elle souffre de ne pas pouvoir porter les plus belles toilettes. Elle sort peu et lorsqu'elle en a l'occasion, son mari a réussi à obtenir une invitation pour une soirée au ministère, elle souffre encore de ne pas avoir de tenue correcte à porter.

Son mari qui veut faire plaisir à sa femme sacrifie une somme d'argent qu'il avait prévu pour acheter un fusil et lui donne pour qu'elle s'achète une tenue.

Mais ce n'est pas assez, Mathilde voudrait un bijou pour compléter sa toilette, alors elle va voir son amie Mme Forestier qui lui prête une rivière de diamants : « *Une superbe rivière de diamants, et son cœur se mit à battre d'un désir immodéré* ». Enfin le soir tant attendu arrive et c'est un véritable triomphe, Mme Loisel éblouit par sa beauté, même le ministre l'a remarqué. Elle passe une magnifique soirée, elle se sent admirée et sollicitée de tout le monde.

« *Mme Loisel eut un succès. Elle était plus jolie que toutes, élégante, gracieuse, souriante et folle de joie. Tous les hommes la regardaient, demandaient son nom, cherchaient à être présentés. Tous les attachés du cabinet voulaient valser avec elle. Le ministre la remarqua. Elle dansait avec ivresse, avec emportement, grisée par le plaisir, ne pensant plus à rien, dans le triomphe de sa beauté, dans la gloire de son succès, dans une sorte de nuage de bonheur fait de tous ces hommages, de toutes ces admirations, de tous ces désirs éveillés, de cette victoire complète et si douce au cœur des femmes* ».

Mais en rentrant, elle découvre qu'elle a perdu la parure, ils s'endettent pendant dix ans pour rembourser ce que leur a coûté le bijou : « *Elle connut les gros travaux de ménage, les odieuses besognes de la cuisine. Elle lava la vaisselle, usant ses ongles roses* ». À la fin du récit, elle rencontre Mme Forestier qui ne la reconnaît pas : « *Mme Loisel semblait vieille, maintenant. [...] Mal peignée, avec les jupes de travers, les mains rouges, elle parlait haut. [...] C'était Mme Forestier, toujours jeune, toujours belle, toujours séduisante* ». Si Madame Loisel avait trouvé le courage de révéler l'incident à son amie à l'époque des faits, elle n'aurait pas du travailler si dur ni son mari. Elle est devenu moche, elle qui attachait tant d'importance à son corps et à son apparence.

IV. AXES DE LECTURE

Une nouvelle réaliste

Le réalisme est un mouvement moderne apparu en Europe dans la seconde moitié du XIXe siècle. Il cherche à dépeindre la réalité telle qu'elle est, sans artifice et sans idéalisation, choisissant ses sujets dans les classes moyennes ou populaires, et abordant des thèmes comme le travail salarié, les relations conjugales, ou les affrontements sociaux. Il s'oppose ainsi au romantisme, qui a dominé la première moitié du siècle, et au classicisme.

Une nouvelle réaliste, est une nouvelle qui se fonde sur la réalité. Il y a peu de personnages, mais fortement caractérisés, à l'instar de Mathilde Loisel. Le cadre spatio-temporel est délimité, le récit est centré sur un fragment de vie ou une anecdote.

En effet cette nouvelle cherche à raconter une histoire ou un fait dans toute sa vérité. L'auteur reporte les faits tout simplement. Maupassant dramatise volontairement son récit pour montrer l'opposition entre les rêves et la réalité de Mathilde. L'auteur a doté son récit de plusieurs variantes, la fatalité, le suspens et le mélodrame.

Le prix de l'orgueil

Mathilde est une jeune femme très belle qui a épousé un employé du ministère de l'Instruction publique. Mais son sort ne la satisfait pas : « *[Mathilde] souffrait de la pauvreté de son logement, de la misère des murs, de l'usure des sièges, de la laideur des étoffes* ». Elle envie toutes ces femmes qui ont épousé des hommes riches et importants qui portent des toilettes et des bijoux somptueux.

Seule l'apparence semble compter pour Mathilde et elle souffre de ne pas pouvoir porter les plus belles toilettes. Son mari qui a reçu une invitation pour une soirée au ministère, veut faire plaisir à sa femme sacrifie une somme d'argent qu'il avait prévu pour acheter un fusil et lui donne pour qu'elle s'achète une tenue. Mais ce n'est pas assez, Mathilde voudrait un bijou pour compléter sa toilette, alors elle va voir son amie Mme Forestier qui lui prête une rivière de diamants.

Enfin le soir tant attendu arrive et c'est un véritable triomphe, Mme Loisel éblouit par sa beauté, même le ministre l'a remarqué. Elle passe une magnifique soirée, elle se sent admirée et sollicitée de tout le monde. Mais en rentrant, elle découvre qu'elle a perdu la parure, ils s'endettent pendant dix ans pour rembourser ce que leur a coûté le bijou.

Ils se privent pendant dix ans pour rembourser l'achat du bijou. Si elle avait eu le courage d'avouer la vérité à son amie à l'époque, elle n'aurait pas du travailler si dur ni son mari. Elle est devenue laide, elle qui attachait tant d'importance à son corps et à son apparence. Ils paient très cher cette soirée. La chute est cruelle, Mathilde aurait dû se contenter de ce qu'elle avait.

Le poids des classes sociales

La parure met en scène deux univers sociaux et culturels différents, celui des employés et celui des bourgeois parisiens. La situation économique conditionne l'état physique et moral de Mathilde. Au début de la nouvelle la jeune femme est très belle : « « *C'était une de ces jolies et charmantes filles, nées, comme par une erreur du destin, dans une famille d'employés* ».

Mathilde a une amie riche, Mme Forestier qu'elle envie, elle ne va plus rendre visite car elle souffre de ne pas être aussi riche qu'elle. Son logement n'est pas décrit, mais à l'énumération des bijoux on en déduit qu'il est beau. À l'inverse de celui des Loisel : « *Elle souffrait de la pauvreté de son logement, de la misère des murs, de l'usure des slèges, de la laideur des éloffes* ».

Au bout de dix ans de privation et de dur labeur, elle est méconnaissable : « *Mme Loisel semblait vieille, maintenant. [...] Mal peignée, avec les jupes de travers, les mains rouges, elle parlait haut. [...] C'était Mme Forestier, toujours jeune, toujours belle, toujours séduisante* ».

Pour échapper à sa condition sociale, juste le temps d'une soirée, elle sacrifie dix ans de sa vie ainsi que celle de son mari. À la fin du récit, contrairement à son amie, elle n'a pas d'enfant car ils n'auraient pas pu subvenir à ses besoins. Elle paie très cher la réalisation de son rêve : « *Que serait-il arrivé si elle n'avait point perdu cette parure ? Comme il faut peu de chose pour vous perdre ou vous sauver !* ».

Mais également son manque de courage : « *Oh ! Ma pauvre Mathilde ! Mais la mienne était fausse. Elle valait au plus cinq cents francs !* ». La morale de cette nouvelle pourrait être que le prix à payer pour échapper à sa condition sociale est excessif. Mais aussi que la richesse peut n'être qu'apparence et que l'épreuve est formatrice.

Dans la même collection en numérique

Escadrille 80

Inconnu à cette adresse

La controverse de Valladolid

Les Vilains petits canards

Une partie de campagne

Cahier d'un retour au pays natal

Dora Bruder

L'Enfant et la rivière

Moderato Cantabile

Alice au pays des merveilles

Le faucon déniché

Une vie

Chronique des Indiens Guayaki

Je voudrais que quelqu'un m'attende quelque part

La nuit de Valognes

Œdipe

Disparition Programmée

Éducation européenne

L'auberge rouge

L'Illiade

Le voyage de Monsieur Perrichon

Lucrèce Borgia

Paul et Virginie

Ursule Mirouët

Discours sur les fondements de l'inégalité

L'adversaire

La petite Fadette

La prochaine fois

Le blé en herbe

Le Mystère de la Chambre Jaune

Les Hauts des Hurlevent

Les perses

Mondo et autres histoires

Vingt mille lieues sous les mers

99 francs

Arria Marcella

Chante Luna

Emile, ou de l'éducation
Histoires extraordinaires
L'homme invisible
La bibliothécaire
La cicatrice
La croix des pauvres
La fille du capitaine
Le Crime de l'Orient-Express
Le Faucon malté
Le hussard sur le toit
Le Livre dont vous êtes la victime
Les cinq écus de Bretagne
No pasarán, le jeu
Quand j'avais cinq ans je m'ai tué
Si tu veux être mon amie
Tristan et Iseult
Une bouteille dans la mer de Gaza
Cent ans de solitude
Contes à l'envers
Contes et nouvelles en vers
Dalva
Jean de Florette
L'homme qui voulait être heureux
L'île mystérieuse
La Dame aux camélias
La petite sirène
La planète des singes
La Religieuse
1984 A l'Ouest rien de nouveau
Aliocha
Andromaque
Au bonheur des dames
Bel ami
Bérénice
Caligula
Cannibale
Carmen

Chronique d'une mort annoncée

Contes des frères Grimm

Cyrano de Bergerac

Des souris et des hommes

Deux ans de vacances

Dom Juan

Electre

En attendant Godot

Enfance

Eugénie Grandet

Fahrenheit 451

Fin de partie

Frankenstein

Gargantua

Germinal

Hamlet

Horace

Huis Clos

Jacques le fataliste

Jane Eyre

Knock

L'homme qui rit

La Bête humaine

La Cantatrice Chauve

La chartreuse de Parme

La cousine Bette

La Curée

La Farce de Maitre Pathelin

La ferme des animaux

La guerre de Troie n'aura pas lieu

La leçon

La Machine Infernale

La métamorphose

La mort du roi Tsongor

La nuit des temps

La nuit du renard

La Parure

La peau de chagrin

La Petite Fille de Monsieur Linh

La Photo qui tue

La Plage d'Ostende

La princesse de Clèves

La promesse de l'aube

La Vénus d'Ille

La vie devant soi

L'alchimiste

L'Amant

L'Ami retrouvé

L'appel de la forêt

L'assassin habite au 21

L'assommoir

L'attentat

L'attrape-coeurs

Le Bal

Le Barbier de Séville

Le Bourgeois Gentilhomme

Le Capitaine Fracasse

Le chat noir

Le chien des Baskerville

Le Cid

Le Colonel Chabert

Le Comte de Monte-Cristo

Le dernier jour d'un condamné

Le diable au corps

Le Grand Meaulnes

Le Grand Troupeau

Le Horla

Le jeu de l'amour et du hasard

Le Joueur d'échecs

Le Lion

Le liseur

Le malade imaginaire

Le Mariage de Figaro

Le meilleur des mondes

Le Monde comme il va
Le Parfum
Le Passeur
Le Petit Prince
Le pianiste
Le Prince
Le Roman de la momie
Le Roman de Renart
Le Rouge et le Noir
Le Soleil des Scortas
Le Tartuffe
Le vieux qui lisait des romans d'amour
L'Ecole des Femmes
L'Ecume Des Jours
Les Bonnes
Les Caprices de Marianne
Les cerfs-volants de Kaboul
Les contes de la Bécasse
Les dix petits nègres
Les femmes savantes
Les fourberies de Scapin
Les Justes
Les Lettres Persanes
Les liaisons dangereuses
Les Métamorphoses
Les Mouches
Les Trois mousquetaires
L'étrange cas du Dr Jekyll et de Mr Hyde
L'Ile Au Trésor
L'île des esclaves
L'illusion comique
L'Ingénu
L'Odyssée
L'Ombre du vent
Lorenzaccio
Madame Bovary
Manon Lescaut

Micromégas

Mon ami Frédéric

Mon bel oranger

Nana

Ne tirez pas sur l'oiseau moqueur

Notre-Dame de Paris

Oliver twist

On ne badine pas avec l'amour

Oscar et la dame rose

Pantagruel

Le Misanthrope

Perceval ou le conte du Graal

Phèdre

Ravage

Roméo et Juliette

Ruy Blas

Sa Majesté des Mouches

Si c'est un homme

Stupeur et tremblements

Supplément au voyage de Bougainville

Tanguy

Thérèse Desqueyroux

Thérèse Raquin

Ubu Roi

Un Barrage contre le Pacifique

Un long dimanche de fiançailles

Un secret

Vendredi ou la vie sauvage

Vipère au poing

Voyage au bout de la nuit

Voyage au centre de la terre

Yvain ou le Chevalier au lion

Zadig

À propos de la collection

La série FichesdeLecture.com offre des contenus éducatifs aux étudiants et aux professeurs tels que : des résumés, des analyses littéraires, des questionnaires et des commentaires sur la littérature moderne et classique. Nos documents sont prévus comme des compléments à la lecture des oeuvres originales et aide les étudiants à comprendre la littérature.

Fondé en 2001, notre site FichesdeLectures.com s'est développé très rapidement et propose désormais plus de 2500 documents directement téléchargeables en ligne, devenant ainsi le premier site d'analyses littéraires en ligne de langue française.

FichesdeLecture est partenaire du Ministère de l'Education du Luxembourg depuis 2009.

Plus d'informations sur www.fichesdelecture.com

ISBN: 978-2-511-02895-7

Notes :